LA COLO DE KNELLER

DU MÊME AUTEUR

La Journée de la terre, Editions du Masque, 2000.
La Colo de Kneller, Actes Sud, 2001.
Crise d'asthme, Actes Sud, 2002 ; Babel n° 703.
Fou de cirque, Albin Michel Jeunesse, 2005.
Un homme sans tête et autres nouvelles, Actes Sud, 2005 ;
Babel n° 958.
Les Méduses, scénario de Shira Geffen, film coréalisé avec
Etgar Keret, Caméra d'or au Festival de Cannes 2007.
Pizzeria Kamikaze, adaptation en bande dessinée de
La Colo de Kneller, Actes Sud, 2008.
Pipelines, Actes Sud, 2008.
Au pays des mensonges, Actes Sud, 2011.

Titre original :
HaKaytana chel Kneller
Editeur original :
Keter Publishing House, Israël
© Etgar Keret, 1998
© The Institute for the Translation of Hebrew Literature
pour les droits de traduction dans le monde entier

© ACTES SUD, 2001
pour la traduction française
ISBN 978-2-7427-9958-9

ETGAR KERET

LA COLO
DE KNELLER

novella traduite de l'hébreu
par Rosie Pinhas-Delpuech

BABEL

Je crois qu'elle a pleuré à mon enterrement, je ne le dis pas pour me vanter, mais j'en suis presque sûr. Parfois, je l'imagine vraiment en train de parler de moi à quelqu'un de très proche, de lui raconter ma mort. La manière dont ils m'ont descendu dans la tombe, petit paquet pitoyable comme une tablette de chocolat périmé. Comment nous n'avons jamais eu le temps. Après quoi, il la baise et c'est une vraie partie de consolation.

I

Où Hayim trouve du travail et un bon pub.

Deux jours après m'être suicidé, j'ai trouvé du boulot ici, dans une pizzeria qui fait partie d'une chaîne, le *Kamikaze*. Le responsable de garde était vraiment gentil avec moi, il m'a aidé à m'installer dans un appartement avec un associé, un Allemand qui lui aussi bosse dans cette succursale. Ce n'est pas un boulot passionnant, mais pour du temporaire c'est plutôt pas mal du tout, pour ce qui est de l'endroit, comment dire, quand on parlait d'une vie après la mort, s'il y en avait une ou non, etc., je ne savais pas trop qu'en penser. Et même quand je pensais qu'il y en avait une, j'imaginais des sons, comme un sonar, et des gens qui flottaient dans l'espace, alors qu'ici, comment dire, ça me fait plutôt penser à Allenby. Mon colocataire, l'Allemand, m'a dit que c'est exactement comme Francfort. A croire que Francfort aussi est un trou. Le soir, je me suis trouvé un pub plutôt sympa, le *Mort Subite*. Bonne musique. Peut-être pas tout à fait branchée, mais de la perspective, et beaucoup de filles qui viennent seules. Certaines, rien qu'à les voir avec leurs cicatrices aux articulations, on imagine comment elles ont fini, mais d'autres ont l'air superbe. Il y en a une, elle m'a fait de l'œil dès le premier soir, une fille vraiment bien, juste la peau un peu fripée, relâchée, elle a sans doute fini par noyade, mais un corps parfait, et les yeux aussi. Je ne l'ai pas draguée. Je me suis dit que c'était à cause d'Erga, que cette histoire de mort me faisait l'aimer encore plus, mais va savoir, c'est peut-être du refoulement.

II

Où Hayim fait la connaissance d'un véritable ami et perd au billard.

J'ai rencontré Ari Ghelfend au *Mort Subite*, presque par erreur. Il était trop amical, il m'a commandé une bière, aussitôt je me suis senti à cran. J'ai cru qu'il essayait de me draguer, mais j'ai très vite compris qu'il n'était pas dans mes histoires, qu'il s'ennuyait tout simplement. Il était plus âgé que moi, un peu chauve, ce qui soulignait la petite cicatrice près de la tempe droite, celle du trou par lequel la balle était entrée, et celle plus grande de la tempe gauche par où elle était sortie. "Et si on se les faisait", a-t-il dit en clignant de l'œil en direction des deux filles qui étaient au bar juste à côté de nous et buvaient des Coca light. Mais quand elles sont parties s'installer à la table d'un blond avec une queue de cheval, il a fini par admettre qu'il m'avait abordé parce qu'il me croyait avec elles.

"Ça ne change pas grand-chose, a dit Ari en
se tapant légèrement le front contre le bar,
comme pour se consoler de sa frustration.
Même si tu me les avais présentées, elles
auraient fini par partir avec un blond. C'est
toujours comme ça, chaque fois que je sor-
tais avec une fille, il y avait un blond qui
l'attendait au coin de la rue. Ça ne m'a pas
rendu plus amer, un peu plus désespéré
peut-être mais sûrement pas plus amer." Au
bout de quatre bières, nous sommes allés
faire une partie de billard, et Ari m'a parlé
de lui. En fait, il habite pas très loin de
chez moi, chez ses parents, ce qui est plutôt rare. La plupart de ceux qui sont ici
habitent seuls, ou dans le pire des cas avec
une amie ou un colocataire. Les parents
d'Ari se sont suicidés cinq ans avant lui. Sa
mère avait une maladie, et son père n'avait
pas voulu rester seul après elle. Son jeune
frère aussi habite avec eux, il est arrivé
récemment, lui aussi s'est tiré une balle, en
plein service dans un groupe du Nahal[1].
"Ça va peut-être te choquer, a dit Ari en ren-
trant avec un sourire la balle noire dans le
trou de gauche, mais nous étions si contents

1. Nahal, initiales de *Noar Haloutsi Lohem* (Jeunesses
pionnières combattantes), mouvement de jeunesse
issu du sionisme fondateur. Les unités du Nahal per-
mettent aux jeunes d'effectuer leur service en partie
dans des villages agricoles, et en partie dans des unités régulières de l'armée. *(N.d.T.)*

de le voir arriver. Tu aurais vu mon père, c'est le genre à se recevoir une masse de cinq kilos sur le pied sans broncher, il a serré mon petit frère dans ses bras en pleurant comme un bébé."

III

Où Kurt commence à pleurnicher et Hayim à se fatiguer.

Depuis que j'ai rencontré Ari, nous faisons la tournée des pubs tous les soirs. Il n'y en a que trois, et nous en faisons le tour pour bien nous assurer de n'avoir rien raté. Mais nous finissons toujours par atterrir au *Mort Subite* qui est à la fois le plus fréquentable et celui qui ferme le plus tard. Hier soir, c'était vraiment déprimant, Ari a amené son copain, Kurt, l'ancien chanteur de Nirvana, ce qui l'impressionne beaucoup, mais en fait le mec gonflant au possible. Bon, pour moi non plus ce n'est pas le Pérou ici, mais quand Kurt commence à se plaindre, on ne peut plus l'arrêter. Le moindre mot lui rappelle une de ses chansons, aussitôt il faut qu'il la récite et que nous l'admirions, parfois même il va demander au barman de mettre un de ses disques, et alors tu ne sais vraiment plus où te mettre.

Je ne suis pas le seul, d'ailleurs : à part Ari, tout le monde le déteste ici. Une fois qu'on en a fini – avec toutes les douleurs qui vont avec, et je vous assure, vous ne pouvez pas savoir comme ça fait mal –, on n'a aucune envie d'écouter quelqu'un dont l'unique souci est de chanter à quel point il est malheureux. Si on en avait quelque chose à branler, au lieu d'arriver ici on serait encore en vie, avec un poster déprimant de Nick Cave au-dessus du lit. Mais hier soir, j'étais déjà déprimé, même sans lui. Le travail à la pizzeria, les tournées nocturnes, j'en ai un peu assez de tout ça. Voir toujours les mêmes têtes, boire du Coca sans bulles, avec leur air hagard même quand ils vous regardent droit dans les yeux. Je ne sais pas, peut-être que je suis négatif, mais quand on les observe en pleine action, quand ils s'embrassent, qu'ils dansent, ou qu'ils rigolent avec vous, c'est toujours le même truc. Comme si rien n'avait d'importance, rien ne valait vraiment la peine.

IV

Dîner chez les Ghelfend.

Ari m'a invité à dîner chez ses parents vendredi soir. "8 heures pile, il m'a dit. Ne sois
pas en retard. Il y aura du *tcboulent*", des
tripes farcies à la juive. L'appartement
des Ghelfend était un appartement polonais
typique, avec des étagères en bois fabriquées par le père d'Ari, et des murs crépis
avec des grumeaux. A vrai dire, je n'avais
pas grande envie d'y aller. Je ne sais pas
pourquoi, mais les parents croient toujours
que j'ai une mauvaise influence sur leurs
enfants. Je me souviens de mon premier
repas chez les parents d'Erga. Son père
m'avait observé pendant tout le dîner comme
un examinateur décidé à te recaler puis, au
dessert, mine de rien, il m'avait sondé pour
voir si je n'entraînais pas sa fille vers la
drogue. "Je sais comment c'est, avait-il dit
avec un sourire de policier en civil sur le
point d'arrêter quelqu'un. Moi aussi j'ai été

jeune. On va à une fête, on danse un peu, l'atmosphère s'échauffe, tu l'emmènes dans une chambre et tu lui proposes un fêtard." "Pétard", j'avais corrigé. "Peu importe… écoute, Hayim, j'ai peut-être l'air naïf, mais je connais toutes ces ficelles." Avec la famille Ghelfend, j'avais la chance que les enfants étaient allés si loin que les parents n'avaient plus rien à craindre. Ils étaient ravis de me voir et s'appliquaient à me gaver. La cuisine familiale a ceci d'agréable qu'elle est, comment dire, unique, instantanée, émotionnelle. Comme si l'estomac savait distinguer un repas payant de celui que quelqu'un a préparé avec amour. C'est pour ça qu'après toutes les pizzas, les chinois, les fast-foods qu'il broyait depuis mon arrivée ici, mon estomac a su apprécier ce geste auquel il a répondu par des vagues de chaleur qu'il envoyait par intermittence vers ma poitrine. "Elle est douée, ma mère", a dit Ari en serrant sa toute petite maman dans les bras, sans lâcher son couteau et sa fourchette. La mère a souri, elle a demandé si nous voulions nous resservir des *kichkess*, des tripes, le père en a profité pour raconter une autre de ces blagues qui te laissent de glace, et l'espace d'un instant j'ai eu la nostalgie de mes parents, de leur amour envahissant qui, avant d'en finir, me mettait hors de moi.

V

Où Hayim et le petit frère de Ghelfend font ensemble la vaisselle.

Après le repas, nous sommes allés nous asseoir dans la salle de séjour. Le père d'Ari a allumé la télévision, c'était une émission avec des invités assommants qu'il injuriait les uns après les autres. Ari, qui avait descendu à lui seul la bouteille de vin pendant le repas, somnolait sur le canapé, à côté de lui. L'atmosphère était pesante, alors malgré les protestations de la mère, Ra'anan et moi nous avons proposé de faire la vaisselle. Ra'anan lavait, et moi j'essuyais. Ra'anan est le petit frère d'Ari, je lui ai demandé s'il s'adaptait bien ici, je savais qu'il avait fini il n'y a pas très longtemps, et quand les gens atterrissent ici, ils ont toujours un choc, en tout cas au début. Ra'anan a haussé les épaules, il a dit que les choses se passaient plutôt bien. "S'il n'y avait pas eu Ari, a-t-il dit, je serais déjà ici depuis longtemps."

Nous avons fini de faire la vaisselle, puis nous avons commencé à la ranger dans les placards. Ra'anan m'a raconté une histoire étrange : un jour, à l'âge de dix ans, il était allé tout seul en taxi collectif voir un match entre les deux équipes rivales de Petah Tiqwa. A l'époque, il soutenait l'équipe du Maccabi, portait leur casquette, leur écharpe et leurs insignes. Pendant toute la partie, ils avaient bloqué le but du Hapoël qui n'avait même pas pu faire deux passes. Mais huit minutes avant la fin, au cours d'une attaque isolée et unique, l'équipe du Hapoël avait marqué un but hors jeu. Ce n'était pas litigieux. C'était vraiment hors jeu, du genre qui provoque une minute de controverse à la télévision. Les joueurs du Maccabi avaient essayé de contester, mais l'arbitre avait confirmé le but. Le Hapoël avait gagné le match, et Ra'anan était rentré chez lui, hagard et déprimé. C'était l'époque où Ari s'entraînait sans relâche parce qu'il voulait être admis dans une unité de combat, et Ra'anan qui l'admirait avait pris la corde à sauter de son frère, il avait fait un nœud coulant et avait attaché la corde à une barre fixe qu'Ari avait installée dans le jardin. Après quoi, il avait appelé son frère qui révisait le bac et lui avait raconté l'histoire du match, du but et de la grande injustice. Puis il lui avait montré la corde et lui avait expliqué qu'il n'avait pas envie de vivre dans un monde aussi moche, où son équipe préférée pouvait perdre un match, comme ça, aussi injustement. Et s'il lui racontait tout ça, lui avait-il dit, c'est parce qu'il le considérait comme l'être le plus intelligent qu'il connaisse, alors si Ari ne parvenait pas à lui trouver immédiatement une bonne raison de vivre, il était prêt à en finir et voilà. Pendant tout le temps où Ra'anan parlait, Ari n'avait pas dit un mot, mais à la place il avait fait un pas en avant et, toujours en silence, il avait administré à Ra'anan une gifle qui l'avait fait reculer de deux mètres, puis il lui avait tourné le dos et était reparti réviser son bac dans sa chambre. Ra'anan avait mis du temps à reprendre ses esprits, mais il avait défait la corde attachée à la barre, l'avait remise à sa place, était allé prendre une douche, et n'avait plus jamais parlé avec Ari du sens de l'existence. "Je ne sais pas ce qu'il a essayé de me dire avec cette gifle, a conclu Ra'anan dans un rire en s'essuyant les mains avec le torchon, mais ça a marché jusqu'au jour où j'ai fait mes classes dans l'armée."

VI

*Où Hayim cesse de sortir et commence à péter
les plombs.*

Bientôt deux semaines que je ne sors plus
la nuit. Ari m'appelle tous les jours, il me
propose de descendre quelques verres, nous
rigolons, il me promet de venir sans Kurt,
mais pour le moment je tiens bon. Tous les
trois jours, il fait un saut chez moi vers
3 heures du matin, nous buvons une bière
fraîche et, comme un élève qui rapporte
les leçons à un camarade malade, il me fait
le récit détaillé d'une scène comique que je
viens de rater au pub, au sujet d'une serveuse qu'il a presque réussi à draguer.
Puis, avant de partir, il essaie de me per-
suader de l'accompagner pour un dernier
espresso. Hier, j'ai fini par lui expliquer que
toutes ces sorties ne me convenaient plus.
Que, malgré tous ces verres, il ne se passait
rien et que je rentrais à la maison en mille
morceaux. "Mais tu es en mille morceaux

de toute façon, a persisté Ari. Regarde-toi un peu, tu t'endors tous les matins devant la télévision comme un babouin. Il faut que tu comprennes, Hayim, le fait qu'il ne se passe rien est un axiome. Alors mieux vaut que ça se passe dans un endroit avec quelques verres et de la musique, tu ne crois pas ?"

Après son départ, j'ai de nouveau essayé de lire le livre que j'ai emprunté à mon colocataire allemand. Une histoire déprimante sur un tuberculeux qui part agoniser quelque part en Italie. A la page vingt-trois, j'ai craqué et j'ai allumé la télévision. C'était une émission de variétés où on faisait se rencontrer toutes sortes de gens qui avaient fini à la même date, chacun racontait sur un mode humoristique pourquoi il l'avait fait, et l'usage qu'il ferait du premier prix s'il le remportait. Alors je me suis dit qu'Ari avait raison, que rester à la maison ce n'était pas une affaire, et que s'il ne se passait pas très vite quelque chose, je péterais les plombs.

VII

Où Hayim fait échouer un cambriolage par inadvertance et reçoit presque un prix.

Le jour où tout a commencé à changer a débuté en faisant échouer un cambriolage. Je sais bien que ça paraît un peu fou, mais c'est vraiment arrivé. Je venais de faire mes courses au supermarché quand un gros rouquin avec une grande cicatrice sur le cou m'est rentré dedans, et une vingtaine de repas à chauffer au micro-ondes sont tombés de son manteau. Nous sommes restés figés, face à face. Je crois que, de nous deux, c'est moi qui étais le plus embarrassé. Aussitôt la caissière a crié : "Tsadok ! Viens vite, il y a un voleur !" Je voulais m'excuser auprès du gros, lui dire que j'étais enchanté qu'il ne soit pas gros pour de vrai, que j'avais été trompé par les repas qu'il cachait sous son manteau, que s'il voulait piquer des boîtes, mieux valait choisir plutôt des légumes, parce que la viande chauffée au micro a toujours un goût resucé et humide. Mais je me suis contenté de hausser les épaules. Et le gros, qui soudain paraissait plutôt maigre, a haussé lui aussi les épaules avec ce geste propre à ceux qui se sont cassé la nuque, puis il est parti. Une minute plus tard, Tsadok est arrivé un bâton à la main, il a contemplé d'un air triste les repas éparpillés sur le sol.

— Comment est-ce possible ? a-t-il chuchoté en s'agenouillant devant les petits pois surgelés, comme s'il s'adressait à eux et à moi. Comment on peut faire une chose pareille ? Voler, passe encore, mais piétiner de la moussaka, à quoi ça rime ?

J'étais sur le point de prendre la fuite, quand la caissière est venue me serrer dans ses bras :

— Heureusement que vous étiez là. Tu vois, Tsadok, c'est cet homme qui a arrêté le voleur.

— C'est très bien, a murmuré Tsadok sans quitter des yeux la moussaka foulée aux pieds. La chaîne des *Super-Discount* vous en remercie, si vous voulez bien entrer dans mon bureau et laisser vos coordonnées…

— Ça vaut le coup, a interrompu la caissière, on reçoit un prix.

Pendant ce temps, Tsadok ramassait les repas et essayait d'évaluer l'étendue des dégâts. J'ai souri à la caissière, je lui ai dit merci de tout cœur, que ce n'était pas la peine, d'ailleurs j'étais pressé.

— Vous êtes sûr ? a-t-elle demandé, déçue. C'est un prix magnifique. Un week-end en couple à l'hôtel.

Quand j'ai raconté ça à Ghelfend plus tard, il a failli exploser.

— Un week-end en couple à l'hôtel ? Ça alors ! Il a épluché une banane. Tu es vraiment cynique, tu ne comprends pas que la fille est folle de toi ?

— Ça n'a rien à voir, c'est la politique de la chaîne.

— A quoi elle ressemble ? a insisté Ghelfend. Baisable ?

— Je pense qu'elle est pas mal, mais…

— Pas de mais, je veux des détails, a insisté Ghelfend. Quel âge ?

— Dans les vingt-cinq ans.

— Des cicatrices visibles ? Veines, impact de projectiles ?

— Non, je n'ai rien remarqué.

— Nickel ! s'est exclamé Ghelfend en sifflant d'admiration.

Nickel, c'est le nom qu'on donne ici aux suicidés qui ont avalé du poison ou des cachets et qui, comme moi, arrivent ici sans la moindre cicatrice.

— Jeune, nickel et baisable…

— Je n'ai pas dit qu'elle était baisable, ai-je protesté.

— Viens, a dit Ghelfend sans m'écouter.

Il a enfilé au passage son vilain blouson d'aviateur. J'ai essayé de gagner du temps :

— Où ?

— Au *Super-Discount*, réclamer le prix qui nous revient.

— Nous revient ?

— Tais-toi et suis-moi, a dit Ghelfend sur un ton qui m'a cloué le bec.

Il ne me restait plus qu'à me taire et à le suivre. Pendant ce temps, le *Super-Discount* avait changé d'équipe. Tsadok et la caissière n'étaient plus là, les autres employés ne savaient rien. Ghelfend a essayé de discuter un peu, et quand la situation a commencé à être vraiment embarrassante, je suis allé chercher des bières. Près de l'aquarium aux carpes du vendredi soir, j'ai rencontré Tsiki, mon colocataire du temps où j'étais vivant. Je ne m'attendais pas à le voir ici. Tsiki était le type le plus gonflant que je connaisse, de ces colocataires qui font tout un fromage si on laisse des cheveux dans la baignoire, ou si on mange leur yaourt, mais c'était aussi la dernière personne qu'on imagine se suicidant. J'ai fait semblant de ne pas le voir et j'ai continué mon chemin, mais il m'avait déjà repéré :

— Hayim ! j'espérais bien qu'on allait se revoir un de ces jours.

Je me suis forcé à sourire :

— *Wallah*, Tsiki, quoi de neuf ? Qu'est-ce que tu fais de beau ?

— Comme tout le monde, a murmuré Tsiki. Comme tout le monde. C'est même un peu à cause de toi.

— Pourquoi ? Je t'ai laissé de la crasse dans la baignoire ?

— Toujours à plaisanter, a gloussé Tsiki.

Puis il m'a raconté en détail comment il avait sauté par la fenêtre de notre appartement, du troisième étage sur pilotis jusque dans la rue, comment pendant la chute il avait espéré que ce serait immédiat, mais il avait mal atterri, moitié sur une voiture, moitié sur les buissons, et il avait mis quelques heures à en finir. Je lui ai dit que je ne comprenais toujours pas le rapport avec moi, il a dit qu'il n'y avait pas de rapport direct, mais tout de même – il a cambré sa colonne vertébrale et s'est appuyé de la nuque contre le rayon des produits frais.

— Tu sais, a-t-il dit, les gens disent que le dicton "jamais deux sans trois" s'applique aussi aux suicides. C'est un peu vrai. Autour de toi, les gens meurent, tu commences à penser à toi, à te demander en quoi tu es différent, qu'est-ce qui te rattache à la vie. Moi, ça m'est tombé dessus comme une pluie de Scud, parce que je n'avais aucune réponse. Sans parler de ton suicide, puis de celui d'Erga…

Je l'ai interrompu :

— Erga ?

— Oui, Erga. Environ un mois après ton enterrement. Je croyais que tu le savais.

Derrière le comptoir, un employé du *Super-Discount* a assommé une pauvre carpe d'un coup de marteau, j'ai senti des larmes couler le long de mes joues. Je n'avais encore jamais pleuré depuis mon arrivée ici.

— Ne sois pas triste, a dit Tsiki en me touchant d'une main moite. Les médecins ont dit qu'elle n'avait rien senti, que ç'avait été immédiat.

— Mais qui est triste ? Tu es fou ? ai-je dit en l'embrassant sur le front. Elle est ici, tu comprends, il suffit que je la retrouve.

J'ai vu de loin le chef d'équipe expliquer quelque chose à Ghelfend qui acquiesçait de la tête et paraissait s'ennuyer. Apparemment, lui aussi commençait à comprendre que nous n'allions pas recevoir de prix.

VIII

Où Ari essaie d'enseigner à Hayim quelque chose sur l'existence, et très vite se décourage.

— Tu ne la retrouveras jamais, a dit Ghelfend, en prenant une bière dans le réfrigérateur. Je parie ce que tu voudras.

— Une bière, ai-je dit en souriant, et j'ai continué à préparer mon sac.

— Une bière, a répété Ghelfend en imitant ma voix. Tu es vraiment débile, tu sais combien de cadavres il y a ici ? Tu n'en as pas la moindre idée, toi et moi on se balade depuis un bon moment sur ce carré d'à peine un mètre sur un mètre et on ne connaît même pas la moitié des gens. Alors, où veux-tu aller la chercher, en enfer ? Si ça se trouve, elle habite peut-être à l'étage au-dessus, ta Nophar.

— Erga, ai-je corrigé.

— Erga, Nophar, Chenhav, on s'en fout, a dit Ghelfend en décapsulant sa bière sur le coin de la table. Ça reste une bourge.

Je n'ai pas répondu, j'ai continué à faire mon sac.

— D'ailleurs, c'est quoi Erga ? a demandé Ghelfend avec un sourire. C'est comme Orga, orgasme, sauf que c'est en hébreu, non ?

— Ouais, à peu près.

Je n'avais pas envie de discuter.

— Il faut être vraiment tordu pour donner un prénom comme ça à une petite fille. Tu m'entends, Hayim ? Quand tu vas la trouver, il faudra que tu me présentes sa mère.

— Promis. Serment de scout.

J'ai levé les trois doigts de la main droite.

— Tu vas commencer par où ?

J'ai haussé les épaules :

— Erga a toujours dit qu'elle détestait la ville, qu'elle voulait un endroit plus aéré. Un chien, un jardin, tu vois…

— Ça ne veut rien dire, les filles disent toujours ça, mais elles finissent par louer un appartement dans un quartier chic, à Ramat-Aviv, avec un étudiant sursitaire. Je te l'ai déjà dit, si ça se trouve, elle habite à cent mètres d'ici.

— Je ne sais pas, je suis presque sûr qu'elle n'est pas dans la ville – je lui ai pris une gorgée de bière –, c'est une intuition. Dans le pire des cas, on aura fait une balade.

— On aura fait ? s'est étonné Ghelfend, méfiant.

Je l'ai rassuré :

— Façon de parler. Je n'ai pas pensé un seul instant que tu te déplacerais pour une bourge. A part ça, je sais que tu as des obligations.

— Hé, s'est fâché Ghelfend. Arrête de te la jouer.

— C'est plutôt le contraire, ai-je protesté. Je viens de te le dire. Je ne m'attends même pas que tu m'accompagnes.

— Ecoute, ce n'est pas pour t'emmerder, mais donne-moi une seule bonne raison de le faire, et je t'accompagne.

— Parce que je l'aime, ai-je hasardé.

— Non, tu ne l'aimes pas, a dit Ghelfend en hochant la tête. C'est exactement comme ton suicide à la con. Tu te farcis la tête avec des mots.

— Pourquoi ? Tu trouves que ton suicide était plus intelligent ?

— Hayim, je ne discute pas avec toi, j'essaie de te dire quelque chose, en fait, je ne sais même pas ce que je veux dire. Il s'est assis à côté de moi : Bon, on va le dire autrement : tu as baisé avec combien de filles depuis que tu es ici ?

— Pourquoi tu me poses la question ?

— Comme ça.

— Baiser pour de vrai ? Pas une seule fois, je crois.

— Tu crois ?

J'ai craqué :

— Pas une seule. Mais quel rapport ?

— Le rapport c'est que ton corps est plein à craquer de sperme, tu comprends ? Tu ouvres les yeux et tu vois gris. Au point que ça te compresse le cerveau contre le crâne et tu crois éprouver une émotion que personne au monde n'avait éprouvée avant toi. Un sentiment si puissant qu'on serait capable d'en mourir, de tout quitter, d'aller vivre en Galilée. T'as jamais vécu en Galilée ? Tu sais que…

Je l'ai interrompu :

— Laisse tomber, Ari, tu me gonfles avec tous tes discours. Passe-moi ta voiture, tu veux bien ? Et sans radoter avec tes histoires d'assurance. S'il y a de la casse, je paierai.

— Ne te fâche pas, a dit Ghelfend en me touchant l'épaule. Je n'ai pas dit que ce n'était pas un bon prétexte. Je n'ai même pas dit que je ne venais pas avec toi. Tu as peut-être raison, je radote, peut-être que cette Nophar est vraiment spéciale…

— Erga, ai-je de nouveau corrigé.

— C'est bon, a dit Ghelfend en souriant.

— Tu sais ? ai-je dit cette fois en changeant de tactique. Laissons tomber les bourges, l'amour, les regrets. J'ai peut-être une meilleure raison de te convaincre de venir.

— Ah bon ? a dit Ghelfend d'un air faussement intéressé tout en visant la poubelle pour y lancer sa canette de bière.

— T'as mieux à faire ?

IX

*Où les deux comparses partent à la recher-
che d'Erga et trouvent à sa place des Arabes.*

Ghelfend avait promis à ses parents de les
appeler tous les jours, et dès le premier
kilomètre, il s'est mis en quête d'un téléphone. Je lui ai dit :

— Eh, calme-toi, tu es allé en Amérique
du Sud, en Inde, tu t'es tiré une balle dans
la tête, et tu te conduis comme un gamin
en vacances chez les scouts. Ça ne colle
pas avec ton image.

— Hayim, je te préviens, ne commence
pas à me chercher, a dit Ghelfend tout
en conduisant. Tu vois bien le genre d'endroit, et les types qui traînent dehors. Je
me demande bien pourquoi je t'ai accom-
pagné.

Ceux qui traînaient dehors ressemblaient
beaucoup à ceux qui traînaient dans notre
quartier, les yeux éteints, la démarche pesante. La seule différence était que Ghelfend

ne les connaissait pas et ça suffisait à le rendre parano.

— C'est pas de la parano, tu vois pas ? C'est tous des Arabes. Je t'avais bien dit qu'il valait mieux aller vers le nord. Tout le monde le sait, les filles baisables sont dans les quartiers chic du nord. Vers l'orient, y a que des Orientaux.

— Et alors ? Quelle importance si c'est des Arabes ?

— Je sais pas. Des Arabes qui se suicident, ça t'angoisse pas ? Même pas un peu ? Et s'ils découvraient que nous sommes israéliens ?

— Eh bien, ils nous tueraient une fois de plus. T'as pas encore compris qu'ils n'en ont rien à faire ? Ils sont morts, nous sommes morts, *c'est tout*[1].

— Je sais pas, mais j'aime pas les Arabes. Ça n'a rien à voir avec la politique, c'est ethnique.

— Dis donc, Ari, tu trouves que t'as pas assez de défauts, il faut que tu sois raciste aussi ?

— Je suis pas raciste, s'est esquivé Ghelfend. Je suis simplement… eh bien, tu sais quoi, je suis peut-être un peu raciste. Mais vraiment à peine, juste à peine.

Il commençait à faire sombre, et la vieille Prinz de Ghelfend n'avait plus de phares depuis longtemps et il fallait nous arrêter

---

1. En français dans le texte. *(N.d.T.)*

pour la nuit. Il a verrouillé les portes de l'intérieur et a insisté pour que nous dormions dans la voiture. Nous avons allongé les sièges et fait semblant d'être sur le point de nous endormir, de temps en temps Ari jouait même à s'étirer, à se retourner sur le côté, c'était vraiment pathétique. Au bout d'une heure, il en a eu assez. Il a redressé son siège et a dit :

— *Yallah*, allons nous chercher un pub.

— Et les Arabes alors ?

— Qu'ils aillent se faire foutre. Au pire, on va les avoir, comme à l'armée.

— T'as pas fait ton service militaire. La commission psychiatrique t'a réformé, et avec raison d'ailleurs.

Comme j'insistais, Ari est sorti de la Prinz en claquant la portière.

— On n'a pas besoin de faire son service pour le savoir. Je l'ai vu à la télévision.

X

Où Ari regrette de n'avoir pas fait son service, et découvre combien il est difficile d'arracher les morts à leur quiétude.

Finalement, Ari avait raison : c'était bien un quartier d'Arabes. Mais moi aussi j'avais raison, parce que personne n'avait envie de savoir ce qui était inscrit sur nos passeports avant d'en avoir fini. Leur pub s'appelait le *Ginn*, ce qui est à la fois le démon de la lampe libéré par Aladin et l'alcool que les filles qui ont peur du whisky mélangent avec du tonic. Ari a dit que ce n'était pas pour faire un jeu de mots, mais comparé au *Mort Subite*, l'endroit paraissait formidable. Nous nous sommes assis sur le comptoir, le barman semblait avoir très mal fini, en tout petits morceaux. Ari a essayé de parler anglais avec lui, mais l'autre a aussitôt repéré son accent et lui a répondu dans un hébreu désinvolte :

— Il n'y a pas de bière en bouteille, il n'y a que de la pression.

Il avait une tête comme un puzzle inachevé, avec une demi-moustache à gauche du nez et rien à droite.

— Alors sers-nous une pression, mon pote, a dit Ari en lui tapant sur l'épaule. Vidons-la à la santé de l'intendance, *ya* Ahmad.

— Nasser, a corrigé poliment le barman en remplissant les verres. Qu'est-ce que tu veux dire par intendance ? Tu étais dans l'armée ?

— Oui, dans les territoires, a menti Ari. Dans le contingent d'août… *Wallah*, je ne sais même plus quelle année.

— *Wallah*, a dit Nasser en servant la bière à Ari.

Puis il a apporté la mienne et a chuchoté :

— Il est un peu *majnoun* ton copain, un peu fou, non ?

— Un peu ?! ai-je répondu en souriant.

— Ce n'est pas grave, a dit Nasser pour me rassurer. C'est son *charme*, comme on dit chez vous.

— *Wallah*, a répété Ari après avoir descendu la moitié du verre d'un seul trait. C'est mon charme.

— Il n'a pas fait l'armée de son vivant, ai-je expliqué, et ça le bouffe.

— Bien sûr que je l'ai faite, s'est entêté Ari. Je me suis même engagé. Le revolver – il a montré sa tempe percée en imitant le bruit d'un coup de feu –, je l'ai gagné en bons de cantine. *Ya* Nasser, et toi comment t'as fait ta valise ?

Il était de plus en plus clair qu'Ari cherchait la bagarre, parce que, s'il y a bien une chose qu'on ne demande pas ici, c'est la manière dont chacun a fini. Mais ce Nasser avait l'air si déprimé que même Ari n'aurait pas pu le provoquer.

— En faisant boum ! a-t-il répondu avec un sourire las, tout en faisant valser légèrement son cadavre déchiqueté. Ça ne se voit pas ?

— *Wallah*, en faisant boum ! a répété Ari. Tu en as tué combien ?

Nasser a hoché la tête et s'est versé de la vodka.

— Comment veux-tu que je sache ?

Ari était surpris :

— T'as pas demandé une fois arrivé ici ? Il y en a sûrement quelques-uns qui sont venus après toi.

— C'est pas le genre de chose qu'on demande, a dit Nasser en descendant sec sa vodka.

Ari continuait de le chercher :

— Dis-moi où et quand. Si j'ai fini après toi, je pourrai peut-être te dire combien…

— Laisse tomber, a dit Nasser, soudain durci. A quoi bon ?

J'ai essayé de faire diversion :

— Alors, c'est plein ici, le soir ?

— A craquer, a dit Nasser en souriant. Presque chaque soir, le problème c'est qu'il n'y a que des mecs. De temps en temps, il arrive comme ça deux filles. Parfois une touriste, mais c'est rare.

— Dis-moi, a demandé Ari, c'est vrai ce qu'on raconte, qu'avant de partir en mission, chez vous, on te promet soixante-dix vierges baisables et nymphomanes ? Rien que pour toi tout seul ?

— On le promet, a dit Nasser, mais tu vois ce que ça donne, j'ai sombré dans l'alcool.

— Mon pauvre Nasser, alors tu t'es fait baiser, a jubilé Ari.

— *Wallah*, a dit Nasser en hochant la tête. Et toi, qu'est-ce qu'on t'avait promis ?

XI

Où Hayim rêve qu'Erga et lui achètent un
canapé, puis se réveille devant la dure réalité.

La nuit, dans la voiture, je rêve qu'Erga et
moi nous allons acheter un canapé, le ven-
deur du magasin est l'Arabe du pub qu'Ari
a essayé de provoquer. Il nous montre
différents modèles, nous avons du mal à
nous mettre d'accord. Erga insiste pour
choisir un canapé rouge, angoissant, moi
j'en veux un autre, je ne sais plus trop lequel.
Nous commençons à nous chamailler dans
le magasin, il y a même des cris. La discus-
sion dégénère, nous échangeons des injures
et des insultes, et brusquement, toujours
dans le rêve, je me reprends et je lui dis :
"Laisse tomber, quelle importance ? Ce n'est
qu'un canapé. L'essentiel est que nous soyons
ensemble." A ces mots, elle me sourit. Au
moment où je veux lui sourire aussi, je me
réveille dans la voiture. Sur le siège à côté
du mien, Ari se tortillait dans son sommeil

et insultait toutes sortes de gens qui le provoquaient dans son rêve. "Ta gueule… a-t-il dit à un type qui était apparemment allé trop loin. Un mot de plus et je te fais un gâteau sur la tête." Sans doute que l'autre a continué, parce qu'Ari a essayé de se lever et s'est pris le volant dans les côtes. Quand il s'est réveillé, nous avons baissé les vitres et nous nous sommes roulé une cigarette.

— Demain, a décidé Ari, on s'achète un wigwam, ou un igloo, tu vois ce que je veux dire, ces merdes en plastique qu'on vend dans les magasins de camping.

— Une tente.

— Oui, une tente. C'est la dernière fois que nous dormons dans une voiture.

Il a pris une dernière bouffée et a lancé la cigarette par la fenêtre.

— Il était bien, l'Arabe du pub. Sa bière était nulle, mais Nasser, il est balèze. Tu sais de quoi j'ai rêvé ?

— Oui, ai-je dit en aspirant une dernière bouffée. Que tu lui chiais sur la tête.

XII

Où les deux comparses prennent une fille en
stop et essaient d'engager la conversation.

Le matin, Ari et moi on a pris quelqu'un en
stop, ce qui est assez bizarre si on y réflé-
chit un instant, parce que, en fait, personne
ne fait vraiment du stop ici. Ari l'avait aper-
çue de loin.

— T'as vu la fille ? Canon ! Je vais tomber
raide.

— Nickel ? ai-je demandé, les yeux à
moitié fermés.

— Superbe, s'est excité Ari. Une vraie
poupée. Je t'assure, si nous n'étions pas ici,
je ne croirais jamais qu'elle a fini.

Quand une fille le fait bander, Ari exa-
gère toujours mais cette fois il avait raison.
Les yeux de la fille avaient quelque chose
de vivant qui n'est pas fréquent ici. Nous
l'avons dépassée, j'ai continué de la regar-
der dans le rétroviseur, elle avait de longs
cheveux noirs, un sac à dos d'excursionniste,

et brusquement je la vois lever la main. Ari aussi l'avait vue, aussitôt il a donné un coup de frein. La voiture qui nous suivait a failli nous aplatir mais, au dernier moment, elle nous a doublés. Ari a fait marche arrière pour s'arrêter devant elle.

— Monte, ma sœur, a-t-il dit d'une voix qui se voulait désinvolte, mais qui ne l'était pas.

— Où allez-vous ? a-t-elle demandé avec méfiance.

— Vers l'est, ai-je répondu.

— Où, vers l'est ? a-t-elle insisté tout en poussant d'abord son sac à dos, puis elle-même à l'arrière de la voiture.

J'ai haussé les épaules.

— Savez-vous seulement où vous allez ?

— Ça ne fait pas longtemps que tu es là, hein ? a demandé Ari en riant.

— Pourquoi ? a-t-elle dit, vexée.

— Parce que tu aurais déjà remarqué que personne ici n'en a la moindre idée. D'ailleurs, si nous en avions la moindre idée, peut-être que personne n'aurait fini ici.

Elle s'appelait Lihi, et elle nous a raconté que, en effet, elle était là depuis peu et qu'elle circulait en stop à la recherche des responsables de l'endroit.

— Les responsables de l'endroit ? a répété Ari en riant. Tu te crois dans un *country club* avec un bureau et des responsables ? Ici, c'est comme avant d'avoir fini, sauf que c'est pire. Dis, quand tu étais encore vivante, tu as jamais essayé de trouver Dieu ?

— Non, a dit Lihi en me tendant un chewing-gum. Mais je n'avais pas de raison de le chercher.

— Et t'as une bonne raison maintenant ? a demandé Ari en prenant aussi un chewing-gum. T'as des regrets ? Parce que si t'es déjà prête avec ton sac à dos et qu'il te faut juste quelqu'un pour te délivrer un visa de retour…

Je l'ai interrompu avant qu'il commence à la vexer :

— Dis, pourquoi tu ne nous as fait signe qu'après nous avoir laissés passer ?

Elle a haussé les épaules.

— Je ne sais pas, je n'étais pas très sûre de vouloir monter dans votre voiture. De loin, vous m'aviez l'air un peu, comment dire…

— Louches ? a proposé Ari.

— Non, a souri Lihi, gênée. Plutôt demeurés.

XIII

*Où Hayim continue de ne pas perdre espoir,
Ari de se plaindre, et Lihi… d'être en manches
longues.*

Ça fait cinq jours que nous avons pris Lihi
en stop. Ari continue d'amasser de la petite
monnaie et de chercher des téléphones.
Pas un jour ne se passe sans qu'il parle au
moins une heure avec ses parents, et dès
que Lihi ou moi nous le charrions un peu,
aussitôt il se fâche. En revanche, il ne nous
gonfle plus avec l'assurance de la voiture,
et nous prenons le volant à tour de rôle.
Nous roulons à un bon rythme, mais nous
ne pouvons pas conduire la nuit à cause
des phares de la Prinz. La ville commence
à s'estomper autour de nous, il y a moins
de monde, plus de ciel, plus de pavillons
avec des jardins, même si tout semble bien
flétri. La tente que nous avons achetée est
plutôt pratique et nous commençons à nous
y habituer. Toutes les nuits, je fais ce même

rêve stupide de querelle avec Erga, puis nous finissons par nous réconcilier, et quand je me réveille, Ari me dit que nous ne la trouverons jamais, mais qu'il veut bien me suivre jusqu'à ce que j'en aie assez. Il s'arrange toujours pour parler d'Erga en présence de Lihi qui, contrairement à Ari, croit que j'ai des chances de la trouver. Hier, nous sommes sortis de la voiture pour pisser entre hommes, il en a profité pour se plaindre que tout devenait pesant depuis son arrivée.

— Bon, c'est clair que nous n'allons pas la baiser tous les deux, a-t-il dit en la secouant. En plus, quand nous étions seuls, nous pouvions chier au moins.

— Tu n'as qu'à chier, qu'est-ce qui t'en empêche ?

Nous avions fini de pisser, mais nous restions dans la même position pour continuer de parler.

— Tu as raison dans le principe, a reconnu Ari, mais tu sais aussi bien que moi que pisser à côté d'une nana, ce n'est plus du tout pareil. Quand il y a quelqu'un, c'est toujours moins spontané, plus provocateur.

Nous sommes revenus vers la voiture et j'ai remplacé Ari au volant. Pendant ce temps, Lihi en jogging somnolait à l'arrière. Depuis que nous l'avons prise en stop, je ne l'ai jamais vue en manches courtes. Ari est prêt à parier sa Prinz qu'elle s'est ouvert les veines, mais aucun de nous n'a le courage de lui demander comment et pourquoi elle a fini, d'ailleurs ce n'est pas très important. Quand elle dort, elle a l'air doux, paisible, et à part cette idée bizarre qu'elle a de vouloir chercher les responsables de l'endroit, c'est une fille vraiment bien. Ari ne cesse pas de râler, mais je crois qu'il en est un peu amoureux et qu'il fait tout ça pour que je ne le remarque pas. A vrai dire, il m'arrive d'avoir des pensées du même genre et de me dire que peut-être je ne retrouverai pas Erga, et que si Lihi est un peu amoureuse de moi, mais je m'arrête aussitôt. D'ailleurs, je sens vraiment qu'Erga est de plus en plus proche. Ari dit que je radote, qu'elle est sûrement dans la direction opposée, et d'ailleurs où qu'elle soit, elle est sûrement avec quelqu'un, par exemple un suicidé black qui se serait pendu par le pénis. Mais moi je sens presque avec mon nez à quel point elle est proche, je suis sûr de la trouver, et que mon pote d'ici soit désespéré et en loques ne veut pas dire que je dois l'être aussi.

XIV

*Qui débute par un miracle et s'achève par une
quasi-catastrophe.*

Le soir, au moment où nous cherchions un
endroit où stationner, il s'est passé un truc
bizarre. Lihi conduisait, un camion qui voulait la dépasser a donné un coup de klaxon
effrayant, elle a roulé sur le bas-côté pour
le laisser passer, et quand elle a clignoté
pour reprendre la route, les phares de la
Prinz se sont brusquement allumés. Ari qui
était assis à l'arrière était en extase :

— Tu es une magicienne, tu es géniale
– il a embrassé Lihi avec un enthousiasme
qui lui a presque fait perdre le contrôle du
volant –, tu es la Florence Nightingale des
voitures, la Marie Curie, la sœur Teresa !

— On se calme, Ari ! a dit Lihi en riant,
ce n'est que des phares.

— Que des phares, a répété Ari avec
compassion, tu es bien naïve. Aussi géniale
que naïve. Tu sais combien de garagistes

ont plongé sous le capot de cette vieille Prinz ? Sans parler des ingénieurs atomiques, des guérisseurs holistiques de mécanique lourde, des gens qui démontent et remontent le moteur d'un Mac-Diesel en vingt secondes les yeux bandés et qui n'ont pas réussi à réparer celle-ci, jusqu'au moment où tu es arrivée – il lui massait le cou –, tu es mon ange, mon génie.

Vu de l'endroit où je me trouvais, l'enthousiasme spontané d'Ari semblait s'être épuisé au profit d'un bon prétexte pour continuer de tripoter Lihi. J'ai dit :

— Tu sais ce que ça veut dire ? Que nous pourrons continuer de rouler la nuit.

— *Wallah*, a dit Ari, la première chose à laquelle je pense ce soir avec nos beaux phares à en mourir, c'est un endroit où se soûler la gueule.

Nous avons repris la route à la recherche d'un pub. Les abords de la ville étaient plutôt déserts, toutes les demi-heures nous croisions une pancarte avec une flèche qui indiquait un resto-burger ou une pizzeria. Au bout de quatre heures, Ari a perdu espoir et nous nous sommes arrêtés pour fêter l'événement devant un marchand de glaces et de yaourts glacés. Ari a demandé ce qui se rapprochait le plus d'un alcool, la serveuse lui a proposé de la glace parfumée à la liqueur de cerise.

— Dis-moi, Sandra, a dit Ari en jetant un coup d'œil au nom de la serveuse imprimé sur une barrette. A ton avis, combien de cornets faut-il descendre pour arriver à se soûler ?

Un logo qui représentait la chaîne de magasins était imprimé au-dessous du nom de la fille : il représentait un phoque coiffé d'un bonnet de clown, monté sur un vélo à une roue, et encore au-dessous un slogan : "C'est frais sans frais."

— Je ne sais pas, a dit Sandra en haussant les épaules.

— Bon, alors pour plus de sécurité, donne-nous-en quatre litres, a dit Ari.

Sandra a rempli les boîtes en polystyrène avec des gestes expérimentés. Son corps paraissait fatigué, mais ses yeux restaient écarquillés, presque surpris. Quelle que soit la manière dont elle avait fini, ça avait sûrement été brutal. En revenant vers la voiture, Lihi s'est arrêtée devant une de ces circulaires qui énoncent les devoirs des employés : être polis envers le client, se laver les mains après être allés aux toilettes, et autres trucs du genre. Quand je travaillais au *Kamikaze*, nous avions une feuille similaire épinglée à l'entrée des toilettes, et chaque fois que j'allais chier, je ne me lavais pas les mains, histoire de me distinguer de la masse.

— Le truc déprimant dans ces endroits, a dit Lihi pendant que nous mangions nos glaces dans la voiture, c'est que j'espère toujours qu'il s'y passera une chose inattendue.

Une toute petite chose. Par exemple, que le serveur mette son nom à l'envers, qu'il oublie de mettre sa casquette, ou qu'il dise : "Fais demi-tour, c'est dégueulasse ici." Mais ça n'arrive jamais. Vous voyez ce que je veux dire ?

— Ah bon ? Pas vraiment, a dit Ari en lui prenant des mains la boîte de glace. Tu veux que je te remplace ?

On voyait qu'il mourait d'envie de conduire avec les nouveaux phares. Un kilomètre plus loin, aussitôt après un virage à droite, un homme endormi était couché en travers de la route, il était grand, maigre, avec des lunettes, et il a continué de ronfler même après qu'Ari a dérapé et s'est écrasé contre un arbre. Nous sommes sortis de la voiture, aucun de nous n'était vraiment blessé, mais la Prinz était en accordéon.

— Dis donc, a dit Ari en secouant l'homme étendu sur la route. T'es cinglé.

— Bien au contraire, a-t-il dit en se levant à une vitesse surprenante et en tendant la main à Ari. Je m'appelle Raphaël, Raphaël Kneller. Mais vous pouvez m'appeler Raphi.

Et comme Ari ne serrait pas la main tendue, il a plissé les yeux pour mieux voir.

— Quelle est cette odeur ? On dirait de la glace – et aussitôt après, sans attendre de réponse : Au fait, vous n'auriez pas croisé un chien par hasard ?

XV

Où Kneller se révèle très hospitalier, un peu parano, et explique pourquoi sa maison n'est pas vraiment une colo.

Quand Ari a fini par se calmer, nous avons tous ensemble inspecté la voiture et constaté qu'elle était vraiment foutue. Lorsqu'il a compris que c'était sa faute, Kneller s'est senti très gêné et nous a proposé de venir dormir chez lui, mais ce n'était pas pour se racheter. En chemin, il n'arrêtait pas de parler et, à chaque pas, son corps se propulsait dans tous les sens comme s'il voulait aller à plusieurs endroits à la fois et avait du mal à se décider. En fait, il avait l'air complètement ravagé, mais parfaitement inoffensif. Même son odeur était innocente, un peu comme des fesses de bébé. J'avais du mal à l'imaginer en train d'en finir.

— D'habitude, à cette heure-ci, je ne me promène pas par ici, mais j'étais parti à la recherche de mon chien, Freddy, qui a disparu, vous ne l'auriez pas aperçu par hasard ? Et brusquement j'ai succombé à ce décor pastoral. D'ailleurs, c'est naturel, qui peut résister à une petite sieste parmi les arbres, au cœur de la nature ? a essayé d'expliquer Kneller avec force gestes. Mais comme ça ? en travers de la route ? ce n'est pas très très responsable. Trop de drogues douces – il a cligné de l'œil, puis voyant qu'Ari demeurait sérieux et même menaçant, il s'est empressé d'ajouter : La drogue n'est qu'une métaphore, personne ne fume vraiment ici.

La maison de Kneller ressemblait en tous points à ces dessins d'enfants : un toit de tuiles rouges, une cheminée, un arbre verdoyant dans le jardin, et une clarté jaune aux fenêtres. Devant l'entrée, une énorme pancarte en grosses lettres d'imprimerie noires indiquait que la maison était "A louer", et quelqu'un avait griffonné dessus à la peinture bleue : *La Colo de Kneller*. Kneller nous a expliqué qu'elle n'était pas à louer, mais qu'elle l'avait été et que c'était lui qui l'avait louée ; et ce n'était pas vraiment une colo mais la mauvaise blague d'un ami qui habitait chez lui depuis longtemps et avait décidé que la maison ressemblait à une colo, en raison de tous les invités qui y passaient et des activités que Kneller organisait pour eux. Il a pointé du doigt la boîte isotherme que Lihi tenait à la main et a ajouté en souriant :

— Quand ils sauront que c'est de la glace, ils seront fous de joie.

XVI

Où Libi accomplit un petit miracle et Ari tombe amoureux d'une Eskimo.

Nous sommes ici depuis presque un mois. Kneller commence à se faire à l'idée que son chien, Freddy, n'a pas l'intention de revenir, ni d'ailleurs le remorqueur appelé par Ghelfend et qu'on ne voit pas venir à l'horizon. La première semaine, Ari en a fait toute une histoire, il a appelé des gens au téléphone pour essayer coûte que coûte de rentrer chez lui, puis il a fait la connaissance d'une charmante Eskimo, trop étrangère à la région pour repérer le caractère d'Ari, et depuis qu'ils sont ensemble, il est moins pressé de s'en aller. Il continue de téléphoner à ses parents au moins une fois par jour, mais c'est surtout pour parler d'elle. Au début, à moi aussi l'endroit me tapait sur les nerfs, il y avait des gens du monde entier, des gens positifs comme on dit, qui, après avoir fini, découvraient l'envers du pied intégral. A mi-chemin entre United Colors of Benetton et l'île déserte. Sauf qu'ici, ils sont vraiment gentils, plutôt éteints, et font de leur mieux pour tirer un maximum du peu qui leur reste. Et Kneller, au milieu d'eux, avec ses bras qui se balancent dans tous les sens comme un chef d'orchestre. J'ai raconté à Lihi que lorsque j'étais au lycée, il y avait dans le livre de physique un problème sur un homme miraculeux, c'est ainsi qu'il s'appelait dans le livre, qui tombait du toit d'un immeuble et mesurait le temps de sa chute à l'aide d'un chronomètre. L'homme n'était pas décrit dans le livre, mais je l'ai imaginé comme Kneller, spécialiste de la question, mais pas vraiment d'ici. Lihi m'a demandé ce qui se passait à la fin du problème de physique, je lui ai répondu que je ne m'en souvenais pas, mais que l'homme miraculeux s'en tirait forcément, parce que c'était un manuel de physique pour la jeunesse. Alors Lihi a dit que c'était sûrement Kneller, parce qu'elle l'imaginait bien faire un pas hors d'un toit, mais elle avait du mal à le voir toucher le sol. Le lendemain matin, nous sommes allés travailler un peu dans son jardin où il n'a jamais réussi à faire pousser autre chose que de l'herbe. En plein travail, Lihi est allée boire de l'eau au robinet, mais c'était de l'eau gazeuse. Nous étions très excités, mais Kneller ne paraissait pas impressionné.

— N'y faites pas attention, a-t-il dit avec dédain, ça arrive tout le temps ici.

— Quoi ? ai-je dit, surpris.

— Des choses de ce genre, a répondu Kneller en continuant de bêcher les parterres.

— Des miracles, Raphi ? ai-je demandé. Parce que Lihi en a presque accompli un, ce n'est pas tout à fait comme changer l'eau en vin, mais ça n'en est pas loin.

— C'en est très loin, a dit Kneller. Libre à toi d'appeler ça un miracle, mais ce n'est pas un miracle significatif. Il y en a à la pelle ici. C'est même bizarre que vous l'ayez senti, la plupart des gens ne le remarquent même pas.

Nous n'avons pas très bien compris, mais Kneller nous a expliqué que c'était l'une des caractéristiques les plus frappantes de la région : les gens d'ici pouvaient faire des choses assez étonnantes, comme par exemple transformer des pierres en végétaux, modifier la couleur des animaux, et même planer un peu dans les airs, de ces miracles secondaires qui ne changent rien à l'essentiel. Je lui ai dit que c'était hallucinant et que si c'était un phénomène aussi fréquent, on pouvait envisager d'organiser un spectacle, un peu comme ceux des magiciens, et peut-être même le diffuser à la télévision.

— Mais c'est exactement ce que j'essaie de t'expliquer, a dit Kneller en ratissant énergiquement la terre. Ce n'est pas possible, parce que dès l'instant où des gens se déplaceront pour le voir, ça ne va pas marcher. Ces choses-là arrivent uniquement quand elles ne changent rien à rien. Comme si soudain tu marchais sur l'eau, par exemple, ce qui parfois arrive ici, mais à condition que rien ne t'attende de l'autre côté, ou qu'il n'y ait pas dans les parages un hystérique qui en fasse toute une histoire.

Lihi lui a raconté l'épisode des phares de la Prinz le soir où nous nous sommes rencontrés, et Kneller a dit que c'était un cas classique. J'ai insisté :

— Réparer les phares d'une voiture me paraît assez significatif.

— Ça dépend, a dit Kneller en souriant, si tu rentres dans un arbre dans les cinq minutes qui suivent, alors ce n'est pas très significatif.

XVII

*Où Lihi raconte à Hayim une chose intime
qu'Ari s'obstine à qualifier de baratin.*

Depuis ma conversation avec Kneller, je
suis plus attentif à ces miracles. Hier, nous
sommes sortis nous promener avec Lihi
autour de la maison. Lihi s'est arrêtée un
instant pour nouer ses lacets, et brusquement le rocher sur lequel elle avait posé le
pied une seconde plus tôt est tombé vers
le haut, vers le ciel où il a disparu, comme
ça, sans raison. La veille, quand Ari est venu
installer les boules de billard sur la table,
j'ai vu l'une d'elles se transformer en œuf.
Je dois dire que je brûle d'envie d'accomplir mon premier miracle, peu importe
lequel, même un miracle stupide. Kneller
dit que le fait de tellement le vouloir rend le
miracle important, et que c'est la raison
pour laquelle je n'y arriverai jamais. Il a
peut-être raison, mais son explication me
paraît confuse et mal argumentée. Kneller

dit que ce n'est pas tant l'explication mais
cet endroit qui est plutôt confus et mal
argumenté. On met une seconde à en finir,
et boum ! l'instant d'après, on est ici avec
les cicatrices et l'hypothèque. D'ailleurs,
pourquoi est-ce qu'on se suicide ? Pourquoi est-ce qu'on ne se contente pas de
mourir ? Cette histoire non plus n'est pas
très logique. C'est comme ça, et c'est tout.
Ce n'est peut-être pas le paradis, mais ça
aurait pu être pire. Ari passe tout son temps
avec sa nouvelle amie. Non loin d'ici, il y a
un fleuve où elle lui apprend à faire du
canoë-kayak et à pêcher des poissons, ce
qui est assez bizarre, parce que pour ma
part, je n'ai presque jamais vu ou entendu
des animaux ici, sauf peut-être le chien de
Kneller dont je ne suis même pas sûr qu'il
existe vraiment. Comme Ari n'a pas grand-
chose à offrir à son Eskimo et qu'il ne veut
pas passer pour un profiteur, il lui enseigne
les noms d'anciens footballeurs et des jurons
en arabe. Moi, je passe le plus clair de mon
temps avec Lihi. Kneller possède quelques
vélos rangés dans la cave, nous les emprun-
tons pour faire de longues balades. Elle
m'a raconté comment elle avait fini, en fait
ce n'est pas un suicide, elle est morte d'une
overdose. Quelqu'un lui a proposé de lui
injecter quelque chose, c'était leur première
fois à tous les deux, et apparemment ils ont
mal calculé leur coup. C'est pour ça qu'elle
est persuadée d'être arrivée ici par erreur

et qu'elle cherche quelqu'un à qui en parler pour qu'on puisse la transférer immédiatement. Pour ma part, je pense que ses chances de rencontrer la personne en question sont minimes, mais mieux vaut ne pas le lui dire. Lihi m'a prié de ne répéter à personne ce qu'elle m'a dit, mais je l'ai raconté à Ari qui a déclaré que c'étaient des bêtises et que personne n'arrivait ici par erreur. Je lui ai répété aussi les paroles de Kneller pour qui tout cet endroit est une vaste erreur, et donc s'il s'y passe des choses aussi bizarres que la transformation d'une boule de billard en œuf, alors il n'est pas non plus impossible que Lihi y soit arrivée par erreur.

— Tu sais ce que ça me rappelle ? a dit Ari la bouche pleine de pain. Ces films où le héros arrive en prison, les gens viennent le voir et lui disent qu'ils sont là par erreur, qu'ils sont innocents, mais il suffit de voir leur gueule pour comprendre qu'ils sont coupables. Tu sais bien que j'adore Lihi, mais toute cette histoire d'overdose c'est du pipeau. T'as jamais vu quelqu'un se piquer à Tel-Aviv ? Chez nous, les gens ont peur du tétanos, dès qu'ils voient une aiguille, ils tombent dans les pommes.

— C'était pas une droguée, c'était sa première fois.

— Première fois ?! a dit Ari en prenant une gorgée de café. Crois-moi, Hayim, à moins de vraiment vraiment le vouloir, personne ne meurt d'une première fois.

XVIII

*Où Hayim rêve qu'il est dans un film de prison
qui finit mal, surtout parce qu'il n'a pas de
caractère.*

Cette nuit-là, j'ai rêvé qu'Ari, Lihi et moi,
nous nous échappions d'une prison. D'abord
nous quittions notre cellule, ce qui était
relativement facile, mais une fois arrivés
dans la cour de la prison, des alarmes et
des projecteurs se déclenchaient tous azi-
muts. Une fourgonnette nous attendait de
l'autre côté des barbelés, je faisais la courte
échelle pour aider Ari et Lihi à franchir le
mur. Après quoi, je voulais les rejoindre
aussi, mais il n'y avait plus personne pour
m'aider, puis brusquement je vois Kneller
à côté de moi et, avant que j'aie eu le temps
de lui demander de me faire la courte
échelle, il s'élève dans les airs et passe de
l'autre côté. Tout le monde est à l'extérieur,
y compris Erga qui conduit la fourgonnette,
et on n'attend plus que moi. Derrière moi,

j'entends les chiens et les sirènes, toute cette bande-son des films de prison, je les sens de plus en plus proches. De l'autre côté des barbelés, Ari me crie : "*Yallah*, Hayim, pourquoi tu fais tant d'histoires, tu n'as qu'à t'envoler !" Et comme pour me provoquer, Kneller plane au-dessus de la fourgonnette, fait toutes sortes de loopings et de piqués. J'essaie aussi, mais je n'y arrive pas. Alors ils partent sans moi, ou bien la famille d'Ari surgit brusquement, enfin je ne me souviens plus très bien de la fin.

— Tu sais ce que ton rêve signifie, me dit Ari, que tu es un type naze. Un type facile à influencer et naze. Facile à influencer, parce qu'il a suffi que je prononce une seule fois le mot "prison" pour que tu en rêves aussitôt. Et un naze, parce que le rêve le dit.

Ari et moi, nous sommes assis sur la berge du fleuve et nous essayons de pêcher avec des cordes à linge d'après un truc enseigné par son amie. Nous sommes là depuis deux heures et nous n'avons même pas attrapé une chaussure, ce qui rend Ari particulièrement sadique.

— Réfléchis un instant, dans le rêve, tout le monde réussit à se sauver parce qu'ils prennent leur existence à la légère. Il n'y a que toi qui, à force de ruminer, restes coincé à l'intérieur. C'est un rêve très simple, presque pédagogique, dirais-je.

Il commence à faire froid, et je me demande si Ari n'en a pas assez de pêcher, parce que moi j'en ai ma dose et qu'appa-remment il n'y a pas de poissons.

— J'irai même plus loin, continue Ari, ce n'est pas seulement le rêve qui le montre. Mais aussi le fait que tu t'en souviennes, puis que tu le racontes. Plus ou moins tout le monde rêve sans pour autant en faire tout un fromage. Il m'arrive de rêver, mais je n'insiste jamais pour te raconter mes rêves, moyennant quoi je suis un homme heureux.

Et comme pour le prouver, il tire sur sa corde et découvre un poisson pendu à son extrémité. Un poisson petit et laid, mais un poisson tout de même et qui fait exploser les chevilles déjà enflées d'Ari.

— Pour une fois, écoute ton pote, oublie un instant tes rêves, tous ces miracles infantiles, et occupe-toi de Lihi. Vis l'instant présent, quel mal y a-t-il à cela ? Elle a l'air bien, un peu déconnectée, mais positive, et sûrement en phase avec toi. Entre nous, elle ne trouvera jamais Dieu pour aller lui foutre une réclamation sous le nez, et toi tu ne trouveras jamais ton cadavre des quartiers chic, vous êtes tous les deux coin-cés ici, alors sachez un peu profiter l'un de l'autre.

Pendant que nous parlions, le vilain poisson qui se contorsionnait dans la main d'Ari s'est transformé en un autre poisson, cette fois rouge, un peu plus grand, mais toujours aussi laid. Ari l'a aplati au sol et lui a tapé sur la tête avec une pierre jusqu'à ce qu'il cesse de se tortiller, ce qui est un autre truc que font les Eskimos. Il n'a même pas remarqué que le poisson avait changé. Après tout il a peut-être raison, peut-être que ça n'y change vraiment rien. Quant à Erga, j'ai vraiment l'impression qu'elle est là, qu'il me suffit de tourner la tête pour l'apercevoir quelque part derrière moi. Le cynisme d'Ari ne me fait ni chaud ni froid, je sais que je vais la retrouver.

— Dis-moi juste une chose, m'a demandé Ari en chemin vers la maison. Ce Kneller, il joue à quoi ? A le voir tout le temps ravi et en train d'embrasser les gens, on se demande, il est pédale ou quoi ?

XIX

*Où Kneller fête son anniversaire, et Hayim et
Libi décident de poursuivre leur voyage.*

Beaucoup de monde arrive ici ces derniers
temps. Kneller va fêter son anniversaire, tout
le monde s'agite, on fait des gâteaux, on
cherche des idées de cadeaux originales.
La plupart des gens d'ici ont déjà une insuf-
fisance respiratoire, et Lihi prie pour que
cette frénésie créatrice autour de la fête ne
s'achève pas par une catastrophe. Il y en a
deux qui se sont déjà coupés, un autre qui
s'est piqué tous les doigts en essayant de
coudre un sac pour Kneller. Il y a aussi un
certain Jan, un astronaute hollandais, qui est
parti hier matin avec un filet à papillons, il a
dit qu'il allait dans la forêt attraper un nouveau chien pour Kneller et depuis personne
ne l'a revu. Kneller aussi semble agité. Le
soir, pendant que je mettais le couvert pour
le repas de fête, je lui ai demandé son âge,
il a commencé à bredouiller, puis a constaté

qu'il ne s'en souvenait plus. Après le repas et les cadeaux, ils ont mis des disques et les gens ont dansé comme aux soirées du lycée. Même moi j'ai dansé un slow avec Lihi. Vers 4 heures du matin, quelqu'un s'est rappelé que Kneller jouait autrefois du violon et qu'il en avait aperçu un dans l'atelier, parmi les outils. Au début, Kneller n'a rien voulu savoir, puis il a très vite cédé et a joué *Knockin' on Heaven's Door*. J'avoue que je ne suis pas un grand mélomane, mais je n'ai jamais entendu quelqu'un jouer comme ça. Ce n'était pas un virtuose, il y avait même un ou deux couacs ici et là, mais chaque note était jouée dans toute sa plénitude, et nous l'écoutions tous debout, immobiles, comme la minute de silence à la mémoire des morts. Même Ari qui aime faire du bruit dans ces moments-là en avait les larmes aux yeux. Plus tard, il a prétendu que c'était son allergie, mais on voyait bien que c'était pour sauver la face. Quand Kneller a eu fini de jouer, personne n'avait plus envie de s'agiter. Les gens sont partis se coucher, et Lihi et moi nous avons aidé à ranger. Pendant que nous étions dans la cuisine, elle m'a demandé si je n'avais pas la nostalgie de ces choses d'autrefois, avant d'en avoir fini. Je lui ai dit la vérité : ce n'était pas tant l'envie de retourner qui me manquait mais, mis à part Erga, je ne me souvenais presque plus de rien, et depuis que je la savais ici, rien ne me manquait plus.

— J'ai peut-être un peu la nostalgie de moi-même, lui ai-je dit. De ce que j'étais avant d'en avoir fini. J'invente sans doute, mais j'ai un souvenir de moi comme quelqu'un de plus… Tu vois, je ne me souviens même pas de ça.

Lihi a dit qu'elle avait la nostalgie de tout, même de ce qu'elle détestait, et que si elle voulait trouver quelqu'un qui l'aide, il fallait qu'elle reparte le lendemain pour continuer de chercher. Je lui ai dit qu'elle avait raison, que si je voulais retrouver Erga, il fallait que moi aussi je continue de chercher. Nous avons fini d'empiler la vaisselle dans l'évier, mais nous n'avions pas vraiment envie d'aller nous coucher. Assis par terre au salon, Kneller jouait comme un enfant avec ses cadeaux, quand Jan s'est précipité dans la pièce avec son filet à papillons ridicule, il a dit d'un air agité que le roi messie habitait de l'autre côté de la forêt et qu'il détenait le chien de Kneller en otage.

XX

Où Freddy broie du mouton à la broche sous une fausse identité.

Jan nous a regardés, il était essoufflé, le visage cramoisi. Nous l'avons fait asseoir, nous lui avons apporté un verre d'eau, puis il nous a raconté qu'en cherchant un nouveau chien pour Kneller, il s'était égaré dans la forêt, avait fini par en ressortir à l'autre extrémité où il avait aperçu une grande villa avec une piscine. Il avait demandé aux gens la permission de téléphoner à la colo pour qu'on vienne le chercher, mais il n'y avait pas de téléphone dans la villa. On entendait beaucoup de musique et du bruit, les hommes étaient bronzés, avec une queue de cheval et des allures d'Australiens, les filles étaient en monokini. Tous étaient très gentils, ils avaient gavé Jan et lui avaient raconté que la maison apparte-nait au roi messie, qu'ils faisaient tous partie de sa compagnie, que le roi messie n'aimait que les transes et que c'était la raison pour laquelle ils écoutaient cette musique à plein volume. Le roi messie s'appelait Gabaon, mais on l'appelait Gab, une fille avait inventé ce surnom et tout le monde l'avait adopté. Gab était originaire d'un promontoire en Galilée, mais il était ici depuis longtemps et, dans une semaine jour pour jour, il allait accomplir un miracle significatif, non pas une de ces choses qui arrivent par hasard, mais quelque chose de vraiment grand dont il leur était interdit de révéler la teneur, et Jan était invité à rester pour assister au miracle. Il nous raconta que peu à peu il s'était habitué à la musique, qu'il était très excité par ce miracle, mais surtout par la vue des filles nues. On l'avait installé dans une chambre de la villa en même temps qu'un surfeur sympathique qui, avant d'en avoir fini, était le directeur d'une succursale du *Hard Rock Café* à Wellington en Nouvelle-Zélande. Le soir, ils allèrent tous nager nus dans la piscine, Jan qui avait un peu honte resta à l'extérieur, quand soudain il aperçut Freddy, le chien de Kneller, en train de manger de la viande de mouton dans une écuelle en plastique, près de la piscine. Jan leur expliqua que c'était le chien d'un ami proche et qu'il s'était égaré quelques semaines plus tôt. Les gens parurent embarrassés : le roi messie avait adopté ce chien, il avait décrété que c'était un génie et lui avait même appris à parler. Jan savait que le chien de

Kneller disait quelques mots incompréhensibles et qu'il était plutôt stupide. Mais il s'abstint de tout commentaire pour ne pas offenser le roi messie qui venait d'arriver. Gab était blond et grand, avec des yeux bleus, des cheveux longs, il avait une amie un peu bancale mais très belle, tous deux écoutèrent patiemment le récit de Jan, puis Gab dit que si c'était vraiment le chien perdu, ce qui était facile à vérifier, il serait ravi de le rendre à son maître. Il demanda à Jan comment s'appelait le chien, Jan dit Freddy. Gab appela aussitôt le chien qui venait de finir de manger et lui demanda comment il s'appelait, le chien stupide agita la queue et dit Nasser, ce qui était une blague imbécile d'un soldat fantassin qui avait décidé d'en finir pendant ses classes, il avait habité un certain temps chez Kneller et s'était un peu occupé de Freddy qui n'était à l'époque qu'un chiot. Jan essaya de raconter cet épisode, mais Gab avait acquis la conviction que c'était un autre chien, et Freddy faisait des signes pour dire qu'il ne voulait pas aller avec Jan, parce que, chez Kneller, il n'avait jamais mangé de mouton à la broche. Alors Jan s'était dit que la meilleure chose à faire c'était de revenir le plus vite possible pour nous raconter toute l'histoire.

— Un roi messie, des miracles significatifs, des transes, et puis quoi encore ? s'est énervé Kneller. Toute cette histoire me fait l'effet d'un grand bluff. La seule chose qui ne me surprend pas, c'est que Freddy ne veuille pas revenir, j'ai toujours dit que c'était un chien ingrat.

XXI

Où Hayim et Lihi partent à la recherche du roi messie et trouvent la mer à la place.

A 7 heures du matin, alors que tous les invités dormaient encore éparpillés sur le tapis, Kneller s'est planté au milieu du salon avec son sac à dos, il a dit que sa patience était à bout et qu'il voulait revoir Freddy immédiatement. Lihi et moi nous lui avons proposé de l'accompagner : Lihi parce que, tout en ne croyant pas vraiment à cette histoire de roi messie, elle se disait qu'elle ne perdrait rien à lui demander qui étaient les responsables de cet endroit et où elle pourrait les trouver ; et moi, parce que je pensais que s'il y avait là-bas autant de monde que Jan le prétendait, c'était peut-être là que je devais chercher Erga. De plus, comme Kneller et Jan avaient des problèmes de coordination, mieux valait qu'il y ait quelqu'un pour les surveiller. Kneller voulait que nous y allions avec la voiture d'un de ses amis, mais Jan a dit qu'il ne savait se diriger qu'à pied. C'est ainsi que nous lui avons emboîté le pas pendant une dizaine d'heures dans la forêt, il a commencé à faire nuit et Jan a reconnu qu'il s'était égaré. Kneller a considéré que c'était bon signe, puisqu'il s'était égaré la dernière fois aussi et, pour fêter l'événement, il a sorti des Desperados de son sac à dos. Jan et lui en ont descendu quatre chacun, plus une Lager. Lihi et moi avons décidé d'aller chercher quelques branches pour faire du feu. Nous avions pour unique éclairage le briquet emprunté à Kneller qui dormait comme un bébé. Quand nous nous sommes éloignés de lui et de Jan qui ronflait à ses côtés, nous avons commencé à entendre une rumeur un peu lointaine, c'était quelque chose de brisé et d'apaisant à la fois, et Lihi a dit que ça ressemblait au bruit de la mer. Nous avons avancé dans cette direction et au bout de quelques centaines de mètres, nous sommes arrivés à la mer. C'est bizarre, mais personne à la colo, y compris Kneller, n'a jamais dit que nous étions près de la mer, peut-être ne le savaient-ils pas, peut-être étions-nous les seuls à le savoir. Nous avons enlevé nos chaussures et marché un peu sur la plage. Avant d'en finir, j'y allais souvent, presque chaque jour. En y repensant, j'ai mieux compris ce que Lihi disait de la nostalgie, et de son besoin impérieux de rentrer. Je lui ai raconté que le père d'Ari appelait l'endroit où nous avions atterri Ombredemort, parce que tous les gens qui se trouvaient ici ne désiraient plus rien, qu'en les côtoyant on avait l'impression que tout allait bien, alors qu'en fait on était déjà à moitié mort. Lihi a dit en riant que la plupart des gens qu'elle avait connus avant d'en finir étaient soit à moitié, soit complètement morts, de sorte que j'avais relativement de la chance, a-t-elle ajouté en me touchant comme par hasard, mais ce n'était pas par hasard.

J'ai toujours espéré que s'il m'arrivait de tromper Erga, ce serait avec une très belle fille, pour qu'après je puisse le regretter et me consoler à l'idée que personne n'aurait pu résister à une telle beauté. Lihi était vraiment ce genre de fille. Cette nuit-là, quand elle m'a touché, j'ai senti qu'elle avait raison et que j'avais relativement de la chance.

XXII

Où Kneller dit à Freddy ses quatre vérités.

Lihi et moi, nous nous sommes réveillés avec le soleil, ou plutôt avec les cris de Kneller. En ouvrant les yeux, nous avons vu que nous n'étions plus sur notre plage privée. Il n'y avait pas de monde, mais à la lumière du jour, le rivage était jonché de préservatifs usagés. Ils flottaient comme des méduses à la surface de l'eau, s'incrustaient comme des coquillages dans le sable, et brusquement tout était imprégné d'une odeur de caoutchouc usagé, curieusement dissimulée la veille par celle de la mer. Je me suis retenu pour ne pas vomir en présence de Lihi et je l'ai serrée très fort contre moi. Nous sommes restés ainsi, longtemps immobiles, comme un couple de touristes dans l'attente de secours dans un champ de mines.

— Ah, vous voilà, s'est écrié Kneller en surgissant d'entre les arbres. Je commençais à m'inquiéter, pourquoi vous ne répondez pas quand on vous appelle ?

Il nous a conduits à un endroit où nous pourrions rester avec Jan et, en chemin, il nous a expliqué que cette plage était autrefois fréquentée par les prostituées et les drogués, mais qu'elle était devenue si dégoûtante que même eux n'y venaient plus.

— Ne me dites pas que vous avez vraiment dormi là-bas. Mais pour quelle raison ? a-t-il dit en faisant une grimace, pendant que Lihi et moi nous enlevions le sable et toutes les autres choses qui collaient à nos vêtements.

— Quand on aime la mer, c'est comme ça, lui a répondu Lihi avec un demi-sourire.

— Quand on aime les maladies, c'est comme ça, a corrigé Kneller tout en continuant de marcher à grands pas. Pourvu qu'entre-temps Jan n'ait pas disparu dans la nature.

Il avait en effet disparu, mais nous n'avons pas eu le temps de nous inquiéter qu'il était de retour au pas de course et nous annonçait avec plaisir qu'il avait retrouvé la maison du roi messie et que c'était tout près. C'était une villa vraiment grande, comme ces propriétés qu'Erga me montrait quand nous allions chez ses oncles de Césarée, avec piscine, terrain de squash, jacuzzi et abri atomique dans la cave. Quand nous sommes arrivés, il y avait une centaine de personnes autour de la piscine, façon cocktail ou buffet qui durait depuis la veille. Il y avait là beaucoup d'allumés, des surfeurs, des snobs du Nord, et toutes sortes d'autres gens qui avaient l'air agité. Freddy traînait entre leurs pattes en prenant un air misérable pour qu'on lui donne à manger. En le voyant, Kneller est devenu fou. Il s'est planté devant lui et a commencé à crier, comment osait-il se comporter ainsi, le jour de son anniversaire de surcroît, quel ingrat, il lui a rappelé des détails gênants du temps où il n'était qu'un chiot, et pendant tout ce temps Freddy le fixait d'un œil impassible en broyant lentement une bouchée de sushi comme un vieux Yéménite chique ses plantes euphorisantes. Les gens autour de Kneller ont essayé de le calmer, ils lui ont dit que Gab ne tarderait pas à arranger tout ça. Puis, voyant que cette promesse n'avait aucun effet, ils ont essayé de l'appâter avec le spectacle du miracle significatif que Gab allait accomplir, ce qui a eu pour effet de l'irriter encore plus. Lihi et moi, nous en avons profité pour faire une descente au buffet, nous n'avions rien mangé de la journée. Nous avions beaucoup de choses à nous dire, c'était comme si nous en étions empêchés par le bruit et la confusion, mais ce n'était pas l'unique raison. C'est alors que Jan est venu nous dire que Gab et son amie avaient convoqué Kneller et Freddy dans leur salon afin de comprendre ce qui se passait, et qu'il serait bon que nous y allions aussi, parce que Kneller avait menacé de faire un scandale. Nous n'étions pas encore entrés que nous entendions déjà ses cris accompagnés, par intermittence, d'une voix basse canine qui murmurait : "Du calme, mec, du calme." Quant à moi, j'ai pu identifier aussi la voix d'Erga.

XXIII

Où Hayim rencontre enfin Erga.

Combien de fois avais-je imaginé cette rencontre, peut-être un million. Chaque fois, j'avais beau imaginer des complications au milieu, penser à tout, être prêt à tout, quoi qu'elle dise, ça se terminait toujours bien. Erga m'a aussitôt reconnu, elle a couru vers moi, m'a pris dans ses bras et s'est mise à pleurer. Puis elle m'a présenté à Gab qui m'a serré la main, il a dit qu'il avait souvent entendu parler de moi, et m'a fait une très bonne impression. Moi aussi, j'ai présenté Erga à Lihi, ce qui était plutôt gênant. Lihi n'a rien dit, mais malgré l'embarras de la situation j'ai vu qu'elle était contente pour moi. Nous avons laissé les autres derrière nous et nous sommes sortis sur la terrasse. Nous entendions par la porte ouverte le discours de Kneller, Gab semblait avoir renoncé à Freddy et acquiesçait en marmonnant. Erga m'a raconté ce qui s'était passé après que j'eus fini, son désarroi, sa culpabilité, si grande qu'elle voulait en mourir. Pendant tout le temps où elle parlait, je la regardais, elle était exactement comme dans mon souvenir, avec la même coiffure, sauf sa permanente qui paraissait bizarre, à cause de la manière dont elle avait fini en sautant du toit de l'hôpital. Elle m'a raconté qu'après mon enterrement, elle était partie pour la Galilée et qu'elle avait versé des larmes pendant tout le chemin ; aussitôt arrivée sur le promontoire, elle avait vu Gabaon, quelque chose en elle s'était apaisé, et elle avait cessé de pleurer. Elle n'était pas moins triste, mais c'était une tristesse moins hystérique et peut-être plus vivable, tout en restant aussi profonde. Gabaon pensait que nous étions prisonniers du monde de la vie et qu'il existait un monde supérieur auquel il pouvait accéder ; il y avait sur ce promontoire quelques autres personnes qui croyaient en son pouvoir. Deux semaines après leur rencontre, Gabaon était censé rompre le lien entre le corps et l'âme, se faire connaître dans l'autre monde, puis revenir dans son corps pour montrer le chemin à tous, mais il y avait eu une panne en cours de route, et son âme n'était jamais revenue. A l'hôpital, une fois sa mort définitivement attestée, elle avait senti qu'il l'appelait de l'endroit où il était arrivé, alors elle avait pris l'ascenseur et était montée sur le toit d'où elle avait sauté pour aller le rejoindre. C'est ainsi qu'ils étaient de nouveau réunis, et Gabaon était sur le point d'accomplir ce qu'il avait déjà essayé de faire en Galilée. Mais cette fois, elle était sûre qu'il réussirait à trouver le chemin de sortie de ce monde, puis reviendrait le montrer aux autres. Ensuite elle m'a répété que je lui étais très cher, qu'elle savait tout le mal qu'elle m'avait fait, qu'elle ne l'avait compris qu'après mon départ, et qu'elle était ravie de me retrouver pour pouvoir me demander pardon. Pendant tout ce temps, je souriais et approuvais de la tête. Quand j'imaginais nos rencontres, je la voyais souvent avec un autre, mais chaque fois je me battais pour la garder, je lui disais que je l'aimais, que jamais personne ne l'aimerait autant que moi, je la caressais, la touchais, jusqu'à ce qu'elle finisse par se rendre. Mais sur cette terrasse, quand c'est vraiment arrivé, je voulais en arriver très vite au moment où elle me donnerait un baiser amical sur la joue, et ce serait fini. C'est alors qu'un gong a soudain retenti comme pour voler à mon secours, Erga m'a dit qu'il fallait rentrer parce que c'était signe que Gabaon allait bientôt commencer, et au lieu de m'embrasser, elle s'est contentée de me serrer dans ses bras.

XXIV

*Où Gab promet d'accomplir un miracle signi-
ficatif.*

Quand nous sommes revenus dans la salle,
Lihi et Kneller ne s'y trouvaient plus. Gab
qui avait revêtu une tunique brodée nous a
dit qu'ils étaient descendus, je suis allé les
chercher au bord de la piscine et j'ai vu
que les gens avaient été séparés en deux
groupes : les hommes d'un côté, les femmes
de l'autre. J'ai aussitôt repéré Kneller, puis
Lihi qui me faisait de loin un signe de la
main pour me demander comment les choses
s'étaient passées. Je n'ai trouvé aucun geste
qui corresponde à ce qui s'était passé avec
Erga, je voulais lui faire signe que je l'aimais, mais c'était trop comme dans les
films, alors je lui ai souri et lui ai fait comprendre que nous parlerions plus tard.
Kneller a dit que Lihi avait demandé à Gab
comment on revenait dans le monde des
vivants, et Gab lui avait répondu que ce

n'était pas la peine, qu'il indiquerait à tout le monde le chemin vers un monde meilleur ; après avoir quitté la salle, Lihi avait dit à Kneller que Gab lui faisait l'effet d'un snob. La musique était si forte que j'avais du mal à l'entendre. Il s'est gentiment moqué de Lihi et de moi en disant que c'était la première fois qu'il rencontrait des êtres encore plus naïfs que lui : moi avec mes miracles, et elle avec ses rêves. "Au lieu d'en finir, a-t-il crié, vous auriez dû aller en Californie." J'ai remarqué qu'il caressait Freddy, ce qui signifiait que leurs différends étaient aplanis. Vêtu de sa tunique, Gab est monté sur scène, suivi d'Erga qui tenait un couteau recourbé à la main, comme sur ces illustrations du sacrifice d'Isaac dans les bibles pour les enfants. Elle a tendu le couteau à Gab, aussitôt, la musique a cessé. "Quelles salades, a murmuré Kneller à côté de moi. Le type est déjà mort, que veut-il de plus, mourir au carré ?" Autour de nous, les gens se retournaient pour lui dire de se taire, pour ma part j'étais très gêné, contrairement à Kneller qui était prêt à parier que Gab ne ferait rien ; quand on est mort une fois, a-t-il dit, c'est une telle douleur qu'il ne sera sûrement pas prêt à recommencer. A l'instant même où il achevait ces paroles, Gab a pris le couteau et se l'est planté dans le cœur.

XXV

*Où l'arrivée d'une fourgonnette blanche en-
traîne la pagaille.*

C'est bizarre, mais les gens réunis autour
de la piscine avaient beau savoir ce qui
allait se passer, nous étions tous surpris.
Il y a d'abord eu un silence, puis des mur-
mures dans l'assistance. Erga a crié du podium en exhortant les gens à rester calmes,
parce que Gab ne tarderait pas à regagner
son corps, mais la rumeur ne s'apaisait pas.
Pendant ce temps, j'ai vu Kneller chucho-
ter avec Freddy, puis parler brusquement à
son briquet, aussitôt une fourgonnette
blanche s'est arrêtée devant la villa, deux
hommes en sont sortis, ils portaient des
salopettes blanches et l'un d'eux tenait à la
main un porte-voix. Kneller a couru vers
eux et a commencé à leur parler en faisant
ses grands gestes. Je me suis poussé du côté
des femmes, à la recherche de Lihi, mais je
n'ai pas réussi à la retrouver. L'homme au

porte-voix a demandé à tout le monde de se disperser calmement. Sur le podium, assise à côté du cadavre de Gab, Erga pleurait. Je l'ai vue essayer de s'approcher du couteau, mais l'homme à la salopette l'a devancée. Il a pris le couteau, a chargé le cadavre de Gab sur son épaule, et a fait signe à Kneller d'accompagner Erga vers la voiture. L'homme au porte-voix a de nouveau demandé aux gens de se disperser, certains sont partis, mais la majorité est restée sur place, médusée. J'ai aperçu Lihi auprès de l'homme au porte-voix, elle m'a vu aussi et a essayé de venir vers moi, mais le chauffeur de la fourgonnette, vêtu de blanc et équipé d'un appareil de transmission, lui a dit de s'approcher de lui. Lihi m'a fait signe pour me dire qu'elle arrivait, j'ai commencé à avancer vers la voiture en bousculant les gens qui étaient sur mon chemin. Mais le temps que je m'approche, Kneller qui tenait Freddy sous le bras et l'homme au porte-voix sont montés dans la fourgonnette qui a aussitôt démarré. Lihi a passé la tête par la vitre et a crié dans ma direction, mais je ne pouvais pas l'entendre. C'était la dernière fois que je la voyais.

XXVI

Et sur cette note d'optimisme.

J'ai attendu sur place encore quelques heures
en croyant que la fourgonnette allait dépo-
ser Gab et Erga, et que Lihi reviendrait
aussitôt. D'autres gens attendaient aussi,
ahuris, personne ne comprenait trop ce qui
s'était passé. Nous étions tous assis, silen-
cieux, sur des chaises longues autour de la
piscine. Peu à peu, les gens se sont disper-
sés, j'ai fini par rester seul et j'ai commencé
à marcher vers la maison de Kneller.

Quand j'y suis arrivé, c'était déjà le soir.
Ari m'a raconté que Kneller était revenu en
trombe prendre quelques affaires, il avait
dit à tout le monde de rester chez lui autant
qu'il leur plairait, puis il avait pris Ari à
part et lui avait demandé de s'occuper de
Freddy. En fait, il avait avoué qu'il n'avait
jamais fini, qu'il était un ange déguisé, mais
à cause de toute l'histoire avec le roi messie,
il s'était démasqué et allait sans doute

redevenir un ange ordinaire. Il a dit aussi qu'il n'enviait pas du tout Gab, parce que l'endroit où on arrivait après avoir récidivé était abominable et mille fois plus déprimant que l'autre, il y avait très peu de monde, et des êtres tout à fait bizarres. J'ai demandé à Ari s'il avait dit quelque chose au sujet de Lihi : Ari a dit non, puis il s'est repris et m'a rapporté ce que Kneller lui avait raconté. Pendant le brouhaha, Lihi s'était adressée à un des assistants de Kneller et lui avait demandé de vérifier son dossier, et si insensé que cela paraisse, on avait découvert qu'il y avait en effet une erreur, que personne ne savait comment la réparer, mais qu'il était fort possible qu'on la ramène à la vie. Ari m'a dit qu'il n'avait pas très envie de me le répéter pour ne pas me déprimer mais que tout compte fait, c'étaient de bonnes nouvelles puisque Lihi avait fini par arriver à bon port.

Ari a décidé de rester chez Kneller avec son amie, et je suis revenu seul en ville. En route, j'ai même réussi à accomplir un petit miracle, c'est alors que j'ai compris ce que Kneller essayait de m'expliquer, que tout cela n'avait aucune importance. Ari m'a donné un paquet pour ses parents, ils étaient ravis de me voir, il a fallu que je leur raconte tout, en particulier l'amie d'Ari. Le père m'a dit qu'Ari paraissait vraiment heureux au téléphone et que la famille projetait d'aller le voir le mois suivant. En attendant, ils m'ont invité pour le dîner du vendredi soir et m'ont dit de passer les voir souvent. Les gens de la pizzeria *Kamikaze* m'ont eux aussi accueilli avec joie et m'ont affecté d'office au poste de garde.

La nuit, je ne rêve jamais d'elle, mais j'y pense beaucoup. Ari me dit que c'est dans mon tempérament d'aller me chercher des filles avec lesquelles c'est impossible. Il a peut-être raison, c'est vrai que j'ai peu de chance. Mais un jour, elle m'avait dit qu'un demi-mort lui suffisait, et quand elle est montée dans la fourgonnette, elle m'a fait signe qu'elle revenait dans un instant, alors allez savoir. C'est pourquoi chaque fois que je suis de garde, je fabrique un petit signe, je mets mon nom à l'envers, j'attache mal mon tablier, n'importe quoi, pour que – s'il lui arrive de revenir – elle ne soit pas triste.

BABEL

Extrait du catalogue

COÉDITION ACTES SUD – LEMÉAC

Ouvrage réalisé
par l'atelier graphique Actes Sud.
Reproduit et achevé d'imprimer
en août 2011
par Normandie Roto Impression s.a.s.
61250 Lonrai
sur papier fabriqué à partir de bois provenant
de forêts gérées durablement (www.fsc.org)
pour le compte des éditions
Actes Sud
Le Méjan
Place Nina-Berberova
13200 Arles.

Dépôt légal
1re édition : septembre 2011.
N° impr. : 112859
(Imprimé en France)